*Estimados padres:*
*¡El amor de su niño hacia ~~la lectura comienza~~ aquí!*

Cada niño aprende a leer de diferente manera y a su propio ritmo. Algunos niños alternan los niveles de lectura y leen sus libros preferidos una y otra vez. Otros leen en orden según el nivel de lectura correspondiente. Usted puede ayudar a que su joven lector tenga mayor confianza en sí mismo incentivando sus intereses y destrezas. Desde los libros que su niño lee con usted, hasta aquellos que lee solito, hay libros **"¡Yo sé leer!®"** (I Can Read!) para cada etapa o nivel de lectura.

## LECTURA COMPARTIDA
Lenguaje básico, repetición de palabras y maravillosas ilustraciones. Ideal para compartir con su pequeño lector emergente.

## LECTURA PARA PRINCIPIANTES
Oraciones cortas, palabras conocidas y conceptos simples para aquellos niños que desean leer por su propia cuenta.

## LECTURA CON AYUDA
Historias cautivantes, oraciones más largas y juegos del lenguaje para lectores en desarrollo.

## LECTURA INDEPENDIENTE
Complejas tramas, vocabulario más desafiante y temas de interés para el lector independiente.

## LECTURA AVANZADA
Párrafos y capítulos cortos y temas interesantes. La transición ideal para pasar a libros más largos divididos en capítulos.

Los libros **"¡Yo sé leer!®"** (I Can Read!) han iniciado a los niños al placer de la lectura desde 1957. Con premiados autores e ilustradores y un fabuloso elenco de personajes muy queridos, los libros **"¡Yo sé leer!®"** (I Can Read!), establecen un modelo de lectura para los lectores emergentes.

Toda una vida de descubrimiento comienza con las palabras mágicas **"¡Yo sé leer!®"**

¡Yo sé leer!®

LECTURA
Mi
primer
libro
COMPARTIDA

Axel
LA CAMIONETA

Una carrera
en la playa

Cuento de **J. D. Riley**
Ilustrado por **Brandon Dorman**
Traducción de **Isabel C. Mendoza**

**Greenwillow Books,** un sello de HarperCollins Publishers

Library of Congress Cataloging-in-Publication Data is available.
ISBN 978-0-06-298029-8 (hardcover) — ISBN 978-0-06-298028-1 (paperback)

23 24 RRDA 10 9 8 7 6 5 4 3 2

 Greenwillow Books

*Para los niños a quienes les encantan los vehículos.*
*—J. D. R.*

*Para mi sobrino AB, ¡que es tan rápido como el relámpago!*
*—B. D.*

Axel es una camioneta roja.

Axel tiene ruedas muy,
muy grandes.

—Me gusta ir rápido
—dice Axel.

—Mi motor hace mucho ruido
—dice Axel.

¡Brrrum, brrrum, brrrum!

A Axel le gusta divertirse.

Le gusta ensuciarse.

—¡Aquí voy, lodo!

—dice Axel.

¡Chap, chap! ¡Chop, chop!

Axel toma la carretera.

Pasa por el pueblo.

Las grandes
ruedas de Axel
zumban al girar.
Sus grandes ruedas
giran rápido.
Zum, zum, zummm.

Axel acelera hacia la playa.

Axel compite con las olas.

Compite con los peces.

¡Piiii, piiii! ¡Pooom, pooom! Axel compite con camiones grandes.

¡Axel ganó!

Las ruedas de Axel están
llenas de arena.

Sus ventanas están llenas
de sal.

Cronch, cronch, crac.

—Me vendría bien un Lavado Trueno —dice Axel.

En el túnel de lavado salen
chorros de agua por arriba
y por abajo.

La fuerza de los chorros
limpia por todas partes.
Chuu, chuu, ¡paf!

No queda rastro de arena
ni de sal.

Es hora de regresar a casa.

—¡Aquí voy, lodo!
—dice Axel—. ¡Otra vez!

Zum, zum, zummm.

Las grandes ruedas de Axel
zumban al girar.

¡Brrrum, brrrum!

¡Piiii, piiii!

¡Qué monstruo de diversión!

Brrrum, brrrum, brrrum

# Axel

## — TALLER —

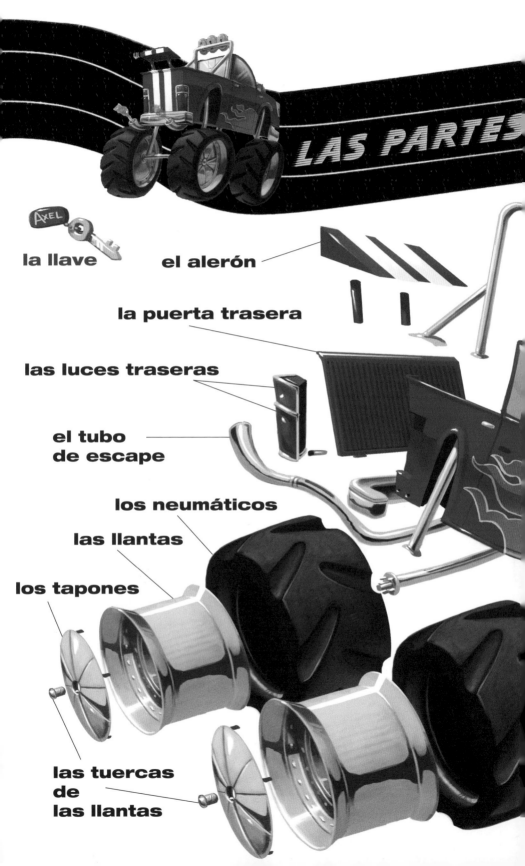

la llave

el alerón

la puerta trasera

las luces traseras

el tubo
de escape

los neumáticos

las llantas

los tapones

las tuercas
de
las llantas

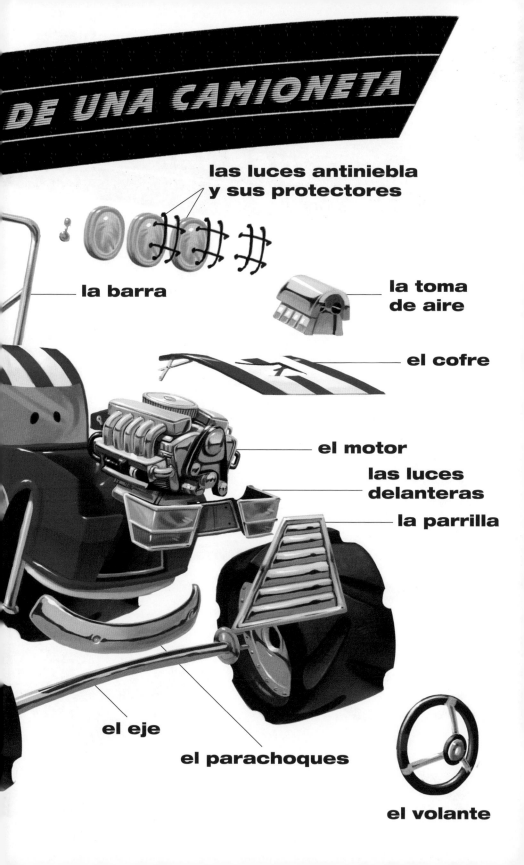

las luces antiniebla
y sus protectores

la barra

la toma
de aire

el cofre

el motor

las luces
delanteras

la parrilla

el eje

el parachoques

el volante

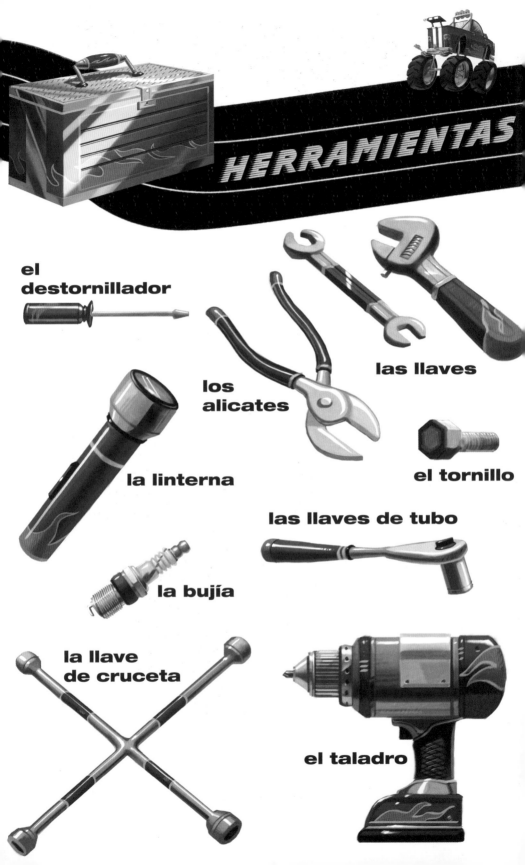

# HERRAMIENTAS

**el destornillador**

**las llaves**

**los alicates**

**la linterna**

**el tornillo**

**las llaves de tubo**

**la bujía**

**la llave de cruceta**

**el taladro**